ERNEST D'HERVILLY

FÊTE DE VICTOR HUGO

AUX FEMMES

VERS RÉCITÉS A L'ODÉON

PAR

M. Paul MOUNET

PARIS
G. CHARPENTIER, ÉDITEUR
13, RUE DE GRENELLE-SAINT-GERMAIN, 13

1881

FÊTE DE VICTOR HUGO

AUX FEMMES

Vers récités sur le théâtre national de l'Odéon, le 27 février 1881.

(Anniversaire de la naissance du Poète.)

DU MÊME AUTEUR

PROSE

Contes pour les grandes personnes.
Mesdames les Parisiennes.
Histoires divertissantes.
Ernest d'Hervilly-Caprices.
Histoires de mariages.
Les armes de la femme.
Le bibelot, comédie (Palais-Royal).
Le parapluie, comédie (Odéon).

VERS

Le Harem. — Les Baisers. — Jeph Affagard, poésies.
Le malade réel, comédie (Odéon).
Le docteur sans-pareil, comédie id.
La belle Saïnara, id. id.
Le Bon homme Misère, id. id.
La Fontaine des Beni-Menad, comédie (Odéon).
Le magister, comédie (Comédie française).
Poquelin père et fils, comédie (Odéon).

POUR PARAITRE PROCHAINEMENT

Les Révoltes du soleil (poème).
Les Aimeuses (roman).
La statue de chair (roman).
Parisienneries (nouvelles).
Jacqueline de Montbel (histoire du temps de Charles IX).
Contes sans fées, texte et bonshommes par l'auteur.

ERNEST D'HERVILLY

FÊTE DE VICTOR HUGO

AUX FEMMES

VERS RÉCITÉS A L'ODÉON

PAR

M. Paul MOUNET

PARIS
G. CHARPENTIER, ÉDITEUR
13, RUE DE GRENELLE-SAINT-GERMAIN, 13

1881

AUX FEMMES

Au milieu de la scène est placé le buste du Poète, œuvre de M. Schœnewerck, autour duquel sont groupés tous les pensionnaires du second Théâtre-Français. M. Mounet, tenant à la main une palme, qu'il dépose ensuite sur le socle du marbre, s'avance et dit :

AU POÈTE.

Maître que l'univers à notre France envie,
Créateur à qui l'Art expirant dut la vie,
Poète qui franchis, vivant, l'auguste seuil
De l'Immortalité, — je viens, — ô notre orgueil,
O notre gloire pure, — agenouiller l'hommage
D'un peuple filial devant ta noble image.

AU PUBLIC.

Il est — dans ce vainqueur qu'on acclame aujourd'hui,
Un poète entre tous vénéré, c'est celui
Qui, si haut que planait le vol de sa grande âme,
Toujours, pensif et doux, se pencha vers la femme,
Fleur fragile toujours en proie aux vents altiers.

AUX FEMMES.

Celui-là, le poète aux exquises pitiés,
L'homme qui, généreux en sa tendresse immense,
Efface le mot faute avec le mot clémence,
Et veut que par l'amour le pardon soit semé,
Oh femmes! Celui-là, qu'il soit surtout aimé!

Qu'il soit surtout aimé, ce multiple génie,
Pour sa mansuétude adorable, infinie,
Pour son respect pieux, invincible et charmant,
Pour sa compassion fleurie en dévouement,
Envers l'ange ici-bas que tout menace et blesse,
La femme, ayant pour arme unique sa faiblesse,
La femme, azur d'avril qu'un souffle peut ternir,
La femme, être sacré qui porte l'avenir!

AU POÈTE.

D'autres diront, — Poète, ô superbe figure,
La force de ton aile et sa vaste envergure;
Ils diront, — Dramaturge, Orateur, Citoyen,
Romancier, ce que fut ta vie, Homme de bien,
Homme de la justice et des causes proscrites.
Les pages de l'exil à coups de foudre écrites,
Ils les rappelleront, tout blêmes d'avoir vu,
Comme Dante, en un lieu sans espoir, imprévu,
Ces Césars dont le Droit, sous ses fixes prunelles,
Voit ramper et pleurer les âmes criminelles;

Ils diront que pour guide, en ce cercle infernal,
Au lieu du doux Virgile, ils eurent Juvénal.

AU PUBLIC.

Pour moi, c'est le poète, — ô chaste jeune fille,
O fraîche fiancée, ô mère de famille !
Pour moi, c'est le poète ornant vos blancs autels
De ses plus pures fleurs, de bleuets immortels,
De roses et de lis, guirlandes non fanées ;
C'est celui qui berça, pendant soixante années,
Le cœur endolori des femmes ; c'est l'ami
Qui pleure avec l'épouse un enfant endormi
Pour jamais ; c'est la voix qui, tout bas, à la mère
Parle d'un *revenant* qui rendra moins amère
L'existence future, et fait luire l'espoir,
C'est lui que je salue, ô Maître, en toi, ce soir.

Oui, Femmes! de la haine abattant la statue,
Hugo dit : oublions ! à celui qui dit : tue !
Il s'écrie, — arrachant aux rires des chasseurs
La victime frappée au milieu de ses sœurs,
Qui palpite en ses mains, pauvre et triste colombe :
« Oh ! n'insultez jamais une femme qui tombe ! »

Indulgence, bonté, pitié, douceur, amour!
Ce n'est qu'avec cela que la nuit devient jour,

Ce n'est qu'avec cela qu'on fait jaillir la flamme
Qui peut purifier et racheter la femme!

O poète, ce feu, partout tu l'allumas!

Et même dans le monstre, épouvantable amas
De souillures, tu fais soudain, sainte et terrible,
Éclater et pleurer la Mère inextinguible,
La Mère à qui ses pleurs rendaient sa pureté!

AU POÈTE.

O maître, je salue ici la majesté
De ton génie!

AU PUBLIC.

Il a pris cette haute tâche,
Hommes, de proclamer qu'on peut, sans être lâche,
Ne plus maudire, et voir, dans l'être féminin,
Dans l'antique ignorante épanchant son venin,
Innocente ainsi que la vipère des sables,
De quelle part du mal nous sommes responsables,
Et qu'il faut élargir, avec le vrai savoir,
La conscience, afin d'y grandir le Devoir.

Quant à lui, — car toujours on souffre quand on aime,
C'est la mélancolie, et jamais l'anathème,
Que son âme blessée exhalait autrefois,
Lorsque sa lyre d'or n'était que le hautbois,
Et que le jeune Eros à la flèche perfide
S'envolait, le laissant seul, en sa chambre vide.
Point d'imprécations, ô Femmes, contre vous!
Seulement des sanglots scandant des vers plus doux.
Oui, sans traiter l'amour « d'exécrable folie »
Resté seul, il excuse, il pardonne, il oublie :

O Femmes, aimez donc ce miséricordieux.
Car c'est vous, vous toujours, à toute heure, en tous lieux
Qui fûtes et serez sa plus chère pensée;
Pitoyable, il relève une femme abaissée
Qui, contre un sort infâme, a longtemps combattu,
Mais comme il sait, Épouse, exalter ta vertu,
Ton honnête sourire et les radieux charmes
Des yeux qui de la honte ont ignoré les larmes!
Comme il fait saluer à ses vers triomphants
La mère au front serein que suivent ses enfants;
Va! tu n'auras jamais de plus grand peintre au monde,
Gardienne du foyer, ô vestale féconde!

Mais Celle qu'il aima le plus éperdûment,
Dont il fut, dont il est l'incomparable amant,

C'est notre France, — encor pâle et convalescente !
De quelle passion formidable, incessante,
Ingénieuse et douce, il l'entoure ! riant
Pour la faire sourire, et, l'œil en pleurs, criant :
C'est ma France ! Je l'aime ! — à ce peuple ironique
Qui, singe de Caton aux temps du sol punique,
Déclare, satisfait : — *Delenda Carthago.*
Alors, vous l'avez vu, celui-ci, ce Hugo,
Lui, fils des grands lions révolutionnaires,
Tragique, leur lancer son livre et ses tonnerres !
Puis se jetant sur toi, *mater dolorosa*,
France qui défaillais dans le sang, il baisa,
Avec une fureur d'amour, la main meurtrie
D'où tombait ton épée en tronçons, ô Patrie !

FIN.

Paris. — Imp. E. Capiomont et V. Renault, r. des Poitevins, 6.

Paris. — Imp. E. Capiomont et V. Renault, rue des Poitevins, 6.

www.ingramcontent.com/pod-product-compliance
Ingram Content Group UK Ltd.
Pitfield, Milton Keynes, MK11 3LW, UK
UKHW020553230726
13925UKWH00006B/2578

9 782019 271312